KB206367

윤준식 시집

개시

은희와 요섭, 현섭,
그리고 달리와 함께

누구는 바람에 날려 버리고
누구는 글로 써서 버리고
누구는 그려서 버리고
누구는 자르고 다듬어서 버리고
누구는 자면서 버리고
누구는 먹으면서 버리고
누구는 울면서 버리고
누구는 웃으면서 버리고
누구는 욕으로 버리고
누구는 죽어서 버리고
버리고 버리고

말하는 사람에게 말 못 하게 한다면
글쓰는 사람에게 그만두게 한다면
잠자는 사람에게 잠 못 자게 한다면
그리는 사람에게 못 그리게 한다면
못 버리게 한다면

그냥 잊으면 되는데
그냥 느끼고 버리면 되는데
말하고 싶은 욕망을 못 누르고
글을 써서 버려야 하는 업보를 타고난
이 욕심 많은 자의 헛된 작업을
쓰레기로 봐준다면 당연한 것이고
그래도 누가 눈 한 번 힐끗해 준다면
어느 가슴에 살짝 꽃으로 필 수도

| 목차 |

1부

봄길에서

개나리
개나 나리

개 나으리
개나 의리

미안타
노란 꽃 뽀송한 널 보고

괜히
시샘해봤다

시, 또는 피

고로쇠 가슴 뚫어 물 한 통
내 몸 피 흘려 글 한 줄

* "나는 모든 글 가운데 피로 쓴 것만을 사랑한다. 피로 써라.
　그러면 그대는 피가 곧 정신임을 알게 되리라."
　　(니체의 「짜라투스트라는 이렇게 말했다」 中)

구름과 나와

나 눈뜨니
고래가 물고기를 삼키더니
용 되더니
양 되더니
뭉개 솜이 석양에 불붙더니
회오리 되어
내 마음에 내리더니

마당 만들기

내가 만든 마당에
비가 다시 마당 만든다
비가 만든 마당에
내가 다시 마당 만든다
내가 만든 마당에
비가 다시 마당 만든다
비가 만든 마당에
나는,

제주도

바람결에
그대 이름 되뇌인다

거센 파도
포말 되어

내 온 살갗에
와락 달라붙는다

밤새 소리치던 게
바로 너였구나

천년기도

바위에 손 얹고
나의 소원을 빈다

바위도 소원을 말한다
"부디 사람이 되게 해주세요"

천년을 비는 중이란다

시, 또는 쓰레기

맑은 물이 나올 때까지는
검고 탁해도
마실 수 없는 이 물이
흰 종이에 남기는 흔적

나의 시는 폐물로 채워진 공간
부끄러운 나의 자화상
종이 위에 남겨진 얼룩

깊은 굴속 얽혀있는 생각의 뱀들을
순서 없이 끄집어내
쨍쨍한 햇볕 아래 던져놓고
발버둥치다 말라버린 형상

목마름이 간절해도
덤프트럭이
가득 실은 쓰레기를 키 높여 쏟아내듯
온몸에 낀 잡물들을 토해내는 의식

나의 작품은 쓰레기 모으기
버리기

개 꿈에서 깨다

　시집을 읽다 깊이 잠든 그대 꿈속, 시를 읊고 있는 그 말랑한 마음 밭에 뿌리내린 씨가 큰 나무로 자라, 긴 가지가 그대라는 시를 읽고 있는 이 마음에까지 닿고, 가지가지엔 새들이 온통 시를 지저귄다

　개가 한쪽 눈을 살며시 연다

샤워기

무슨 소리지
뜬금없이 찔끔 쏟아내네

너도 잠깐 졸았구나

명화, 또는 벽지

위대한 그림도
한 자리에 오래 걸려있으면
벽지 되더라

또 다시 쓰는 편지

꾸깃꾸깃 꾸긴 종이에서
스멀스멀 향 기어나오고
모락모락 꽃이 핀다

야무진 입술로 접은 편지
까마득한 기억조차 꿈틀대고
숨소리에 실려 온 살가운 음성
심장 고동칠 때

가파른 오르가즘 위로 터져 나온
수천의 빨간 꽃잎들이
편지 다시 물들인다

이유

"고향은 어머니가 있어서 비로소 고향이다"

나 고향 갈 땐
더 이상 이유 묻지 마소!

개의 시민의식

오줌은 한 발 들어
높이 알리고
똥은 두 발로 덮어
숨기네

그대는 이미
깨달았구나

하나는 하늘로 오를 것
또 하나는 땅으로 내려갈 것

'분리수거' 참으로 잘 하신다!

'바람'의 진정한 뜻

네가 진정 바라는 바를 모르겠다면
바람이 부는 대로 움직여봐

너에게 지금 바람이 불고 있다면
네가 바라는 게 있기 때문

바위의 마음

바위가 무심하다고 말하지만
바위틈에 피고 지는

하얀 꽃
노란 꽃
붉은 꽃
보라 꽃

그대의 마음

개짖기, 또는 개짓기

멍　　　멍　　　　　　　　　흔들
　멍멍　　　　　　　　　흔들
　멍멍멍멍멍멍멍멍멍멍멍멍멍
　　멍멍쿵쾅쿵쾅멍멍
　　멍 멍　　　멍 멍

내가 담쟁이넝쿨을 옮겨 심는다

올라가는 게 쉽니
내려가는 게 쉽니

- 뭘 물어

당신이 원하는 게 뭔데
당신에게 편한 게 뭔데

담쟁이넝쿨 물음표
또르르 말린다

경동시장

쟈, 여기!
싱싱한 꿀 쓔박 한 통예 니만 니쳔 뉜!

나무상자 속 고양이
두 눈 또렷하다

콘크리트 담 밑 할미꽃
늙은 졸음이 깊다

큰 개 앞에서

작은 개가
더 자지러지게 짖는다

돌탑 I

언덕 오르다 쉴 자리
나무 사이로 푸른 하늘 열린다
길게 숨을 고르는 곳

큰 마음
작은 마음
버린 마음
누른 마음

시간을 두고
따뜻하게 흐르는
아랫돌
윗돌

땅에서
하늘까지 이어진
마음심지
꺼지지 않는 불꽃

간절함이 쌓여
천년을 뿌리 내린 돌탑 위에
살며시 돌 하나 올려놓는다

개이름

할머니에겐 "복실아"
아저씨에겐 "누렁아"
아가씨에겐 "해피야"
아이에겐 "이름이 뭐예요?"

"달리야"
이름표 달고 다니자

거울

나의 행위도
나의 언어도
나만의 유희
나만의 방어

그를 위한 미소도
그들을 위한 미사여구도
나를 위한 사치
나를 위한 위선

내 거울에 내가 없고
그들만 보일 때
그것은 진정한 거울이 아니었고
용납할 수 없었다

이젠 말도 끊고
이젠 글도 끊고
잔잔한 부처의 미소 앞에
용서를 구할 뿐

첫 통장

오래된 통장을 발견했다
30년 전 개설한
내 이름
내 도장

마지막 잔고보다 더 많은 날이 지났다
숫자들이 일기장 날짜처럼 박혀있다
너와 내가 만든 비밀번호가
너무 쉽게 살아난다

황급히

널 다시 휴면계좌로 덮어둔다

반성문
-금요일 밤 11시 30분 지하철에서

여긴 5도

저긴 13.5도

이쪽은 7도

거의 쓰러진 저쪽은 18.5도

한물간 난

아마도 50도

오늘은 내 '도'가 너무 지나쳤구나!

4월의 『歸天』
-하늘 상사병 앓던 이를 기억하며

인사동 거리를 헤매다가

처마 밑 높게 자리한

작은 미닫이 유리창 두 조각 사이로

살며시 머리를 내민

그 시절의 바람이

차가우리만큼 하얀 형광등을 타고

흰 화살로 관통된 진한 밤색 계란 스위치에 닿더니

벽면에 높게 쌓아둔 오랜 문학잡지에

유령 같은 먼지를 일으킨 후

키 작은 그녀의 눈주름을 지나

큰 잔 노오란 유자차에 빠져

내 입에 닿는다

퉁겨진 기타 줄에 공기가 살랑거리면

먼 날의 먼지가 진동 타고 다가와

가슴속 깊이 퇴적된 기억들을 깨우며

상큼한 유자를 맞이한다

철제빔이 땅을 찌르고

21세기의 밝은 불 아래서
歸天은 어두운 음부처럼 가려진 채
그 시절 공기를 머금고
그 시절 가슴 어루만지며
낮은 천장으로 높은 하늘에 닿아있다

집어등

빛만을 찾는다
생명이 있어
두려운 게지

집어등 향해
다가가
한 켠을 차지한다

그냥 거기에
몸을 대고
시간을 빨아댄다

희망이라는 죽음

형광등에 붙어
바싹 말라버린 너

에스뻬르마또소이데

2부

화초 앞에서

네가 나인 줄은 몰랐다
바깥바람이 차다는 소리에
난 문을 닫아버렸을 뿐이다

흙 담장 아래 노랗고 둥근 얼굴로 날 바라볼 때
힐끗하며 지났을 뿐이다

네가 나인 줄은 몰랐다
따스한 햇살이
생명을 주는 엄마의 숨소리였다

앞을 보자

울창한 모습으로
내 앞에 네가 서있다
벽지로 가려진 세상조차도
받아들이겠다는 너다

그렇게 받아들이는

그렇게 순응하는 네가
내 앞에 있다

새벽안개가
호흡하며 너를 덮치지 않아도
하늘을 타고 날아온 낯선 구름이 널 적시지 않아도
넌 생명의 뿌리를 이 작은 흙에 내리고 있다

난 너를 본다
너와 얘기 나누고 싶다
화려한 레이스를 밑동에 두른
네가 내 앞에 있다

코골이

드디어
당신이 불면에서
면했다는 사이렌

개설렘

개가
꼬리 흔드는 것

내 심장이
설레발치는 것

눈이 내리는 것

달이 뜨는 것

먼지에 대한 과학

먼지가 바람결에 일어나
마침 스쳐가던 수중기 타고 올라간다

같이 올라온 먼지들
아니 물방울들이 구름이 되고
바람 부는 대로 산으로 다시 바다로
멀리 떠다닌다

바람이 다시 불고
무거워진 구름이 부풀고 부풀어
더 이상 올라탈 수 없을 만큼 꽉 찼을 때
비가 되어 우수수 내린다

몸을 땅에 세차게 부딪치더니
먼지와 수중기가 혼신의 몸부림을 치다 분리된다

유체이탈
해탈

오늘 다시 마당엔 한차례 회오리가 일더니
먼지가 수증기 만나 뛰쳐 오른다

개와 '관계맺기'

내가 너를 부를 때
너는 수많은 사람 중에서도 나를 찾아내겠지……

* "넌 금빛 머리칼을 가졌어.
밀은 금빛이니까 나에게 너를 생각나게 할 거거든.
그럼 난 밀밭 사이를 지나가는 바람 소리를 사랑하게 될 거야……"
(「어린왕자」 중, '여우가 어린왕자에게')

노인과 아기

아기는 고놈의 웃음으로 정을 쌓고
노인은 고약한 비간으로 정을 떼고

별 세는 밤

있는 별 세는 게 아니다
보이는 별 세는 것

눈이 어두워지면
별은 하나하나 사라진다

별을 더 세려면
북두칠성에 가까이 가든지
그냥 앉아서 눈을 감든지

개가치

"개같이" 뭐라고?
그래, 나처럼만 살아봐!

달이 없다

요즘 달은 너무 멀리 뜬다
아파트 사이사이 서성댄다

요즘 달은 너무 창백하다
밝은 불빛에 제대로 잠을 자지 못한다

요즘 달은 찾기 어렵다
워낙 닮은 놈들 사이에서 내세울 게 없다

요즘 달은 달이 아니다
토끼란 놈이 도망간 이유다

요즘 달이 안 보인다

나는 강아지

"우리 강아지" 하고
할머니가 나에게 간식을 주셨다

"달리" 하고
나는 개에게 간식을 준다

나는 '강아지'
너는 '달리'

개밥

개야
네 밥 먹지
자꾸 내 밥 달라 하니

하기야

네 밥
내 먹지 않을 걸
이미 알아챈 거지?

멀리서

멀리서 들으면
차 소리도
냇물 소리도
바람 소리다

멀리서 보면
차도
냇물도
바람도 없다

멀리서 들으면
나도 바람 소리

더 멀어지면
나도 없다

개습관

작은 것은
즉석에서

큰 것은
입에 물고

⋯⋯⋯⋮
⋯⋯⋯⋮
⋮⋯⋯⋯

뒤로 가서

너 뭐했니?

천년마음

죽영소지진부동 竹影掃地塵不動
월조천소수무흔 月照穿沼水無痕

해와 달
수덕사 지날 땐
천년마음 보겠네

* 대나무 그림자는 아무리 쓸어도 쓸리지 않고
  연못에 비친 달빛은 물에 흔적을 남기지 않네

생명

그림자는 시간
시간은 해
해는 그림자
그림자는 암흑

건물 위의 묵직한 십자가가
일자의 그림자를 드리울 때
그 밑은 암흑

해도
시간도
그림자도 삼켜버린
암흑의 바위 밑

어느 행성에서 온 조각인가
작은 생명들이
다닥다닥 붙어산다

몰리에르의 가면

떨어지지 않는 가면
그것은 존재의 껍질

백골 위에 씌워진 쓴웃음
달콤한 눈물에
금방 표정을 바꾼다

가면이 땅에 떨어지는 순간
몰리에르는 죽고
포클랭(Poquelin)이 드러난다

네가 나냐
내가 너냐

죽음 위에 놓인 창백한 가면
죽지 않을 삶의 껍질, 예술의 진실이여

* 장-밥티스트 포클랭(Jean-Baptiste Poquelin)은
'몰리에르'의 본명이다.

대낮의 공동묘지

......
그리고
해
십자가
대리석상

4-II-1881-22-III-1962
2-I-1887-22-VII-1961
5-III-1935-16-V-1950
14-II-1820-1-XI-1887
5-V-1834-15-IX-1884

처음과 끝이 새겨진 사각
순서 없는 차례
영원하지 않은 육체
멈춰진 시간을 표시하며 누워있는 대리석

무형의 고통이 판도라 상자 되어
즐거운 순간들을 가두고

눈물조차 증발된 현재
마른 오후의 뜨거운 바람이
주검의 사막을 휩쓰는 순간

높은 사이프러스 뒤 저만치
자동차들이 거세게 달리고
길게 담을 친 아파트
베란다에 거꾸로 묶인 옷들이 나풀댄다

개새끼

나도 어미다
나도 죽을 만큼 아프면서 아이를 낳았다
개새끼를 맘대로 데려간 개새끼

빈 화병

모든 꽃들을 담을 수 있게 되었다

장미꽃 한 송이
미리 꽂았다면
못 담을 것들을

윤동주의 달

찬바람을 피해
살금 다가온 달이
이렇게도 노랄까

대나무 잎 사이사이로
두리번거리다
창문 두드렸구나

너 윤동주 봤지

그는 널 봤더구나
죽림 속 수묵화에 네가 붙었더구나
감방 안을 둘러보던 너를 봤더구나

달아 오늘은 여기서 긴 밤 자고 가렴

늑대와 달

늑대는 달을 보지 않는다
달의 토끼를 본다

늑대가 하늘에 오른 것은
달이 토끼무늬로
늑대를 낚아챈 것

늑대 울음이 달에 빠진다

오늘 밤 내 마음도 달에 빠진다

개마음

개가 앞에 가고 있으면
내 마음은 평화!

내가 앞에서 널 끌고 있으면
내 마음은 불화?

글쓰기

가슴에 돌이 많아지고
숨의 횟수가 불어나면
너를 찾을 때다

가슴속 돌덩이 깨부수고
숨통 따라 터져 나온
각혈

나의 글쓰기

태풍이 소강상태를 보이고 있습니다

해가 날 때
잠시 멈추고 해바라기가 되자
온몸에 파고드는 햇살 받아
광합성이나 해보자
싱싱한 잎 나붓거리며
가벼운 현기증 정도는 기분 좋은 현상이다

비가 올 때
잠시 눈을 감고 소리 들어보자
땅바닥에 부딪치는 빗방울의 둥근 여운을
가슴까지 옮겨보자
두근거림이 생동감이 되어
비를 좋아하게 된다

터널의 끝은
깜깜할수록
길수록
더욱 간절하게 기다려지듯이
극도의 초조함 속에서도

긴 숨으로 터널을 뚫는다
시를 쓴다

이제 태풍이 와도 좋다

여자 마음

뇌경색 맞은 아버지
"그래"와 "아니"로
세상을 가르신다

병문안 오는 어머니
"내가 오는 게 좋아?"
"나 보고 싶었어?"로
"그래"를 받아내신다

"아니"와 "그래" 사이
천 길 마음 헤아릴 것 없이
어머니 입가에 미소는 좋다

3부

가을

매미의 껍질이 반쪽 벌어져 쪼개졌다
뱀의 허물이 낡은 양말이 되어 벗겨졌다
벗으며
쪼개며
많은 해석이 달렸던 웃음도
수없는 이유가 되었던 울음도
말라버린 탯줄과 사라진 지 오래
초롱한 눈과
말달리던 다리
온몸 감싸던 말랑한 살결도
생명을 한창 빨아대는
가을 햇살에 바싹 탄다

뚝!

밤이 제풀에 떨어진다
굳게 닫힌 가싯살 찢고
실한 밤톨 뛰쳐나온다

세상살이

소통 열리니
화통 닫힌다

다시 큰 숨 한 번!

산신령

무덤이 모이였을 때
아이들의 놀이터였다

술래잡기
개구리 뒷다리 귀먹기

모이가 뫼였을 때
아이들은 뫼와 뫼를 오르내리는 거인이었다

달리기 시합
미끄럼타기

할머니가 뫼로 들어갔을 때
뫼는 묘가 되었다

묘가 산이 되었을 때
할머니는 산신령이 되었다

산에 가면

모이가 있고
뫼가 있고
묘가 있고
산신령이 된 할머니가 있고

다시 시 쓰다

라디오도 켜보고
커피를 마셔보고
시디를 넣었다가
억지로 끄적대는 모양이
똥 눌 자리 찾는 개

추상의 안개 속에서
한 글자라도 뭉쳐내려는 모양이
바닥을 기면서
애쓰는 처량함이
얼마나 먹지 않았으면
간절하게 떨어지는 까만 똥 한 알

온통 낯익은 것들
그렇고 그런 존재들 속에
머리 담아놓고
그 자리 맴맴 돌다
느낌 없는 사타구니 쥐어짜도
물 한 방울 없는 메마름

내일은 어디론가 나가야겠다
광장을 서성대며
먼지라도 잔뜩 쓰고 와야겠다
흙에 코 박고
기겁할 물벼락이라도 맞고
이 가뭄 날려버려야지

뜨거운 몸뚱이로
그대 속에 흠뻑 젖고 싶다

개똥

우리 집 개는 강아지 똥 싸는데
다른 집 개는 사람 똥 싼다

은인

가슴에 응어리 걸려있을 때
그 덩이가 온몸을 조여올 때
숨이 멎을 것 같은 공포가 몰려올 때
토하고 싶을 때

등 두드려주는 당신

개줄

목 내놓고 살더니
등골 휜다고 한다

시절 많이 좋아졌구나

개똥 치우기

넌 왕 똥 치우고
난 개똥 수거하고

밑도 닦았더냐, 무술아!

하까의 아침

칠흑 같은 하늘을
날카로운 꾀꼬리가 가르고 난 후
한차례 골바람이
기적(汽笛)처럼 스치더니
구름을 아래로 품은
피레네의 머리가 우뚝 다가선다

목놓아 소리치는 닭의 외침 따라
어둠은 한 꺼풀 한 꺼풀 벗겨지고
새들의 재잘거림에
길모퉁이 청소부의 낯선 악센트가 흥겹다

7월의 공간에
태양을 쏘기 전
하까는
오늘도 새벽의 의식을 치른다

* 하까는 스페인 북부에 있는 도시다.

어둠 속 글쓰기

어둠이 벽을 뚫고
먼 곳까지 연결되어 있는 밤

눈을 떠도 암흑
감긴 눈이 영혼을 위로할 뿐

먹물 위에 꼼짝없이 떠있는 몸을
무거운 안개가 감싸오고
대양의 시꺼먼 소용돌이 속에
쏜살같이 빨려 들어갈 때

누른 가위 박차고 일어나
책상 위 스탠드를 움켜쥔다

등 밑 좁은 밝음 찾아
허우적대기

워낭소리

동네 정자나무가 기억하는
동산 쇠똥구리가 발라먹는
소들의 원한소리

총각네 가게

신선한 야채, 과일 판대요!

엑스트라까지는 말고
요즘은 버진 오일도 없나요?

개관심

너 지금

개를 보는 거니
나를 보는 거니

해바라기에 대한 명상

해바라기는
무작정 해를 바라보는 식물이 아니다
해바라기는
귀 쫑긋 세우고 해를 받는 존재다

까치발 높이 진노란 얼굴을
가을 햇살로 애지중지 익혀내고
촘촘히 여문 가슴 내어주는 게 해바라기다

해를 받아 잉태하고
햇살 듬뿍 머금은 씨알을
넉넉히 빼주는 게 해바라기다

아침 일찍 해가 하늘에 오르는 것은
해바라기에게 정성을 다하기 위해서다
자기 닮은 씨를 땅에 뿌리기 위함이다

가을 여물어가고
넓은 들판 가득 채운 해바라기들이
붉은 노을 타고 하늘로 오르는 저녁

시와 나와

시집을 읽다
내가 물에 빠졌다
시집과 함께

시에 물이 들었다
물이 시로 가득찼다

물에서 무아지경!

뿌리를 찾아서

먹슴 → 머슴 : 먹쇠 → 머슴국밥

이 식당
여자들이 더 많네

봉은사

경내 건물 현판에
'판전'이라 써있다

'또우(又)'가 '글월문(文)'이 되고
'조각편(片)'을 '나무목(木)'으로 만들며
여기 71살 김정희가 마지막까지 노닐다 갔다

그는 3일 후 세상을 떴다
현판을 나무배 삼아 타고
시 읊으며

마음

창을 닦고 싶을 때가 있다

흔들어대던 미루나무 멈춰있고
산꼭대기엔 구름 자꾸 피어올라
마음에 먹구름 짙을 때

하늘을 빗자루로 쓸고 싶을 때가 있다

고민

창고에 난 쥐구멍을
꼭꼭 막았다

다시 먹이를 놔볼까
쥐가 들어오지 못한다 믿을까

4부

개와 나와

강아지 똥 수거용 비닐
큰 똥 한 덩이

강아지 뱃속
작은 똥 두 덩이와 오줌 반 통

내 아침용 빵 봉지
둥근 단팥빵 네 덩이와 키 큰 아메리카노

인연
-1950년 겨울, 파리의 Hotel de Ville 앞에서

드디어 마리가 거의 내 사랑이 될 것 같다
친구들이 마련한 생일파티에 부지런히 달려가면서도
내 팔을 잡고 함께 걷는 마리에 대한 욕정의 손짓
발은 빨랐지만 고개를 왼쪽 아래로 돌려 내민 입술은
차가운 오후의 공기에도 식을 줄을 몰랐다
맞닿는 입술은 촉촉하고 따스했다
고개를 들어 살짝 뒤로한 내 사랑

퇴근길 아이들의 모습을 머릿속에 담고서 바삐 정류
장을 향하고 있다
하루 종일 엄마의 손길을 받지 못한 아이들을 생각하
면 안쓰럽다
일을 그만둘까 생각한 적이 수없이 많았지만
우리 가족이 모두 함께 살기 위해서는 이렇게 일을
해야 한다
마침 전차가 도착하고 있음을 보면서
본능처럼 거의 뛰다시피 달려가고 있다
비둘기들이 내 발에 차일 듯 날아가고 있고
스무 살 초반인 듯한 한 쌍이 진한 키스를 하며 걷고
있다

겨울이라고는 하지만 햇살을 받는다는 것은 행복하다
빵과 커피로 배를 채우고 사람들이 붐비는 거리의 벤
치에 앉아 있었다
이 생활도 생각하면 참 오래된 것 같다
그래도 딴 데로 가는 것보다 이곳이 편하다
다양한 사람들이 지나간다
하나하나 잘 살펴보면
각자 나름대로 독특하다
시선을 아래로 하고
거의 반수면 상태에 있을 때
내 눈에는 비둘기 날아가는 그림자와
검정 코트 그림자가 바람을 가르며 지나간다

나는 피터와의 만남을 위해 파리 호텔 앞을 지난다
사람들은 한결같이 검정색 코트에 모자를 쓰고 있다
가끔 신문 파는 아이 목소리가 전차의 기적 소리와
맞물려 흩어진다
급하게 지나는 나의 앞을 연인인 듯한 남녀가 가로막
는다

파흐둥!

가로수길 카페 밖으로
이쪽을 보며 두리번거리는 그녀가 보인다

어, 여기요!

개뿔

멍멍
으르렁
개가 뿔났다
봐라
저기 개뿔났다

돌탑 II

돌탑 앞에서 비는 게 아니다
돌탑에서 찾는 것이다

무거운 마음을 올려놓는 게 아니다
간절히 놓여진 소망을 찾는 것이다

햇살에
그림자에
비와 바람에
살들이 완전히 발라진
내 마음 찾는 일

친구와의 전화

놀이터 옆집에
네가 살았지
난 이렇게 추상적으로 기억해
그때나 지금이나
너는 작품 속
한 인물에 불과했으니까

고갯길도 함께 걸었지
저음의 연발 웃음이
널따란 입 사이로 흘러나오면
너의 포근한 마음이 내게 전해왔었다

넌 내 전화번호부에 걸린 채
40년을 함께 걸어왔지
낯설던 유학길도 동반했고
멀었던 멕시코 유카탄도 구경했다

목소리가 전화에 도착하는 일이 기적이듯
오래된 작품 속의 네가

어느 날 내 귀에 대고 존재를 속삭였지
환청이라고 말하겠지만
넌 분명 날 기억한다고 말했다

나는 늘 나였는데
나도 너의 전화번호부 속에 살았었나 보다
내가 너의 책에서 나오고
너도 내 소설 속에서 나왔을 때
과연 과거의 언어로 말해야 하나
지금의 얼굴로 대해야 하나

개죽음

개는 스스로 죽지 않는다
죽임을 당한 개만이 죽는다
화형당하면서도 끝까지 당신을 찾았던 순교

거미줄

저녁 등불 바로 아래
검은 놈이 검은 옷을 입고 검은 실로 지은 집
아니 사냥터

허상의 불빛 찾아 날아든 벌레들
저세상으로 데려가는 포승줄
몸부림치는 육체를 붙잡고
영혼을 걸러내는 틀림없는 그물

생명을 사정없이 빨아들이는 검은 식욕
금방 멈춘 또 하나의 육체가 말라가는
하늘에 떠있는 공동묘지

심장을 도려내는 마야인들
축제의 밤을 보내고
죽음이 걸러진
성스런 아침 공기를
생명처럼 마셔왔다

지하철에서

모두가 손바닥 작은 창에 지친 눈을 박고
각자 저 세상에 빠져 허우적대는 저녁
서쪽 하늘에
위태롭게 매달린 영혼들이
촛불처럼 흔들린다

전생의 인연을 찾아
영겁을 건너온 나그네에게
이 칸에도
저 칸에도
영혼이 빠져나간 몸뚱이들만 서있을 뿐
푸르던 너는 없다

출발을 알리는 메마른 신호음
덥석 먹이를 문 뱀처럼
한강 위 철교를
철제 발로 사납게 내디디다
콘크리트 동굴 속으로
쏜살같이 사라진다

빠앙~

미련 없는 하루가 어둠 속으로 생매장되는 소리

개아픔

개가 아플 때는 아픈 게 아니다
아픔이 내 가슴을 쳐도 개는 아프지 않다
내가 개가 됐을 때, 아프다

늦가을 인사
-감이 까치에게

왔는 감

단 감

가는 감

모순

신은
인간에게
자연에서 스스로를 보호하라고
머리를 줬다

그런데
불면증은 왜 따라왔지

한 발짝

개미 한 마리가 저 산에서 이 산으로 넘어온다, 한 발짝이다
참새 한 마리가 이 산에서 저 산으로 날아간다, 한 발짝이다
노루 한 마리가 저 산에서 이 산으로 넘어온다, 한 발짝이다
뻐꾸기 한 마리가 이 산에서 저 산으로 날아간다, 한 발짝이다
멧돼지 한 마리가 저 산에서 이 산으로 넘어온다, 한 발짝이다
해가 이 산에서 저 산으로 넘어간다, 한 발짝이다
땅거미가 저 산에서 이 산으로 넘어온다, 한 발짝이다

내가 저 산에서 이 산으로 온 거리
내가 저 산으로 돌아갈 거리
병풍의 앞과 뒤
한 발짝

마지막 잎새

잎이 마지막 몸부림을 친다

이승을 떠나며 마지막
손자를 찾아온 할머니
아쉬운 시선으로 나를 응시하며
그렇게 긴 밤을 지새우다 홀연히 떠나가시듯

밤새 비추던 가로등 꺼지고
앙상한 가지만 남겨둔 채
창밖에서 나를 지켜주던 잎새는
애절한 몸짓만 남기고 떠난다

잎은 낙엽 되어 땅 위에 뒹굴고
새는 하늘 멀리 날아가고
영원히 돌아오지 않을 길을

폐광촌에 눈이 오면

산골에는 쓸데없이 켜 놓은 불이란 있을 수 없다
계란판 덕지덕지 붙여놓은 기찻길 옆 가게
두꺼운 눈에 갇힌 투박한 난로가
황소 김으로 온 공간을 덥혀간다

긴 겨울의 끝에 찾아올
짧은 봄이라도 바라며
올겨울 추위는
참아낼 수 있겠는데
꼬리 긴 기차가 지르는 소리의 켜가
작고 캄캄한 방
낡은 벽 속
숨죽여 훌쩍이는
젊은 흐느낌에 묻힌다

산자락 중간에
움푹 자리잡은 검은 폐광촌

흰 눈은 고려장보다 슬프다

장작불

녹색이 점점 진해졌던 것은
프로메테우스, 너를 더 높이 올리기 위해
내가 온 힘을 줬기 때문이다

네가 뾰족한 창끝을 흔들며
해에 가까이 다가설 때
나는 까치발로 너를 지탱한다

도저히 견디기 힘겨워
낑낑, 나는 신음소리를 냈고
놀란 새들이 한 차례 흩어진 후
우리를 알아챈 해의 불호령

쏜살같이 도망치면서도
너의 손에는 불이 들려있고
꼭대기에서 시작한 불길은
순식간에 아래로 번진다
산은 온통 붉게 타오른다

눈 깜짝할 사이
너는 마당까지 달려들었고
한가하던 벽난로가
화들짝 놀라 입을 벌리는 순간
단박에 그 속으로 숨어들었다

눈발이 늑대 되어 찾아와
헐거운 창문을 두들겨도
따뜻한 심장 안고
봉홧불 높이 올릴 수 있는 이유

구안와사에서 돌아오다

돌아갔던 입이
한참 만에
그야말로
한참 만에 돌아왔다

오래된 라디오 속
얼어있던 이야기를 해빙시키고
굳은살 붙어있는 세 번째 손가락 마지막 마디 대신
익숙해진 손끝들이 현란한 움직임으로
문자를 찍어낸다

분명 제정신이 아니다

누렇게 말라버린 껍질을 뚫고
아직 살가운 액체가
손끝 마술에 걸려
눈앞에 형체를 만들어낸다

글은 글인데

내 것 아닌 것이
내 손에서 나온다

골탁한 라디오에서 나오는 소리가
백열전구의 열이
손끝의 움직임이
눈앞의 글자들이
내 입술과 무슨 연관인가

굳이 거울을 보지 않아도 안다
이 순간 내 얼굴은
원래 촉촉했던 모습으로 돌아왔을 것이다

돈키호테를 따라간 스페인

망각이 오늘의 나를 있게 한다
꿈같고 이전 세계의 아련한 기억이
지금 내가 책상에 앉게 된 이유다
미간을 찡그리며
굳이 생각을 짜낼 필요도 없이
머리에 떠오르는
사람과 사람들
이름과 이름들
모든 것들이 순서없이 스쳐지나간다
히죽거리는가 하면
심각한 표정을 짓기도 한다
나의 글이라고 꼬리표를 단 것들이
참으로 낯설다
유일하게 내 스타일이라는 인식이
아주 가느다란 끈으로 작용하여
나였던 너를 확인한다
네가 나였던 시절이 있었던가
내가 너였던 것인가
머리에 세월을 가득 채우고

얼굴 살짝 내밀며 인사하는 너
나는 지금
다시 낯설어질 너와 마주하고 있다

관음(觀音), 소리를 보다

이른 아침
황새의 머리가
먹이를 찾아
이리 저리 바쁘다

풀숲소리
바람소리
영혼소리
눈코입귀를 타고 하나 되는 순간
수풀 사이로 떠오르는 태양을 바라본다

보이고 안 보이고
들리고 안 들리고
부리로 소리를 쪼는 순간

나는, 있고 없고

다도해

보길도

소안도

금일도

일생도

도리도

정산도

말량도

노화도

고금도

만인도

군자도

요산도

철썩 철썩 쏴아 ~

오늘도, 다들 수고했습니다

| 닫으며 |

　나에게 시 쓰기는 조각일 때도, 그냥 뚝 떨어질 때
도 있다.

　그냥 뚝 떨어질 때는 일필휘지로 거침없으니 참으로
흥분된다. 간혹 있는 일이다. 아마도 어떤 영혼이 내게
들어와 나를 빌려 밖으로 풀어내고자 한다는 생각이
다. 뮤즈도 영감도 아마 이럴 때 쓰는 표현인 것 같다.

　시가 내게 찾아오지 않으면 조각을 하는 경우가 많
다. 보이지 않으나 있을 것 같은 어떤 덩어리를 가져
와 쪼개고 갈다 보면 뭔가가 드러난다. 물론 없을 때
도 있지만, 그것은 내가 못 찾은 것이다. 내가 정성을
다하지 못한 것이다. 세상에 그냥 있는 것은 없다. 어
떤 생명체도, 그 누구도, 무심한 돌도, 이름 없는 풀
이라도 말이다.

　두 가지 방법 다 좋다!

하나는 너무 통쾌해서 좋고, 또 하나는 노동의 수고 뒤에 찾아오는 보람이 있어 좋다.

여기서 중요한 것은, 두 방법 다 늘 쓰겠다고 의식의 안테나를 펴고 있어야만 가능한 일들이다.

그래서, 나에게 시 쓰기는 그냥 의식의 안테나를 작동하는 일이다. 전원을 켜둔다는 뜻이다. 에너지를 쓴다는 뜻이다. 산다는 것을 유용성으로 본다면 결국 쓸데없는 소모행위라는 뜻이기도 하다. 그러나, 쓴다! 살아있으니, 아니 살기 위해서 쓴다.

"'인생은 꿈'이지만, 꿈이라도 잘 꾸는 게 좋지 않은가?" 꿈인 인생을 이왕이면 '잘', '멋지게' 살아보자는 것인데, 인생을 이렇게 자의적으로 해석해보려는 노력, 또한 구차하기는 마찬가지다.

만사에는 분수가 있는데 뭔가 한답시고 공연히 분주하기만 하는 게 아닌지! 나의 시 쓰기가 말이다.

그러나, 나 역시 돌과 꽃과 다르지 않을 것이니, 군더더기 이유를 달 필요가 없을 것 같다. 그냥 행하는 것뿐.

민용태 교수님과 인연을 맺고 배운 것은 대학교 때부터다. 시간이 꽤 많이 지나 등단 권유를 받고, 이렇게 시집까지 엮어낼 용기를 내게 되었으니, 자연의 시간에도 분명 우연과 운명이 동시에 작용하는 것 같다. 교수님께 특별히 감사드린다.

개시

초판 1쇄 발행일   2017년 11월 24일

지은이   윤준식
펴낸이   곽혜란
편집장   김명회

도서출판 문학바탕

주소   (06148) 서울시 강남구 테헤란로 51길 23 금영빌딩 5층
전화   02)420-6791
팩스   02)420-6795

출판등록   2004년 6월 1일 제 2-3991호

ISBN   979-11-86418-23-9   03810
정가   9,500원

국립중앙도서관 출판예정도서목록(CIP)

개시 : 윤준식 시집 / 지은이: 윤준식. -- 서울 : 문학바탕,
2017
    p. ;   cm

ISBN 979-11-86418-23-9 03810 : ₩9500

한국 현대시[韓國現代詩]

811.7-KDC6
895.715-DDC23   CIP2017030441